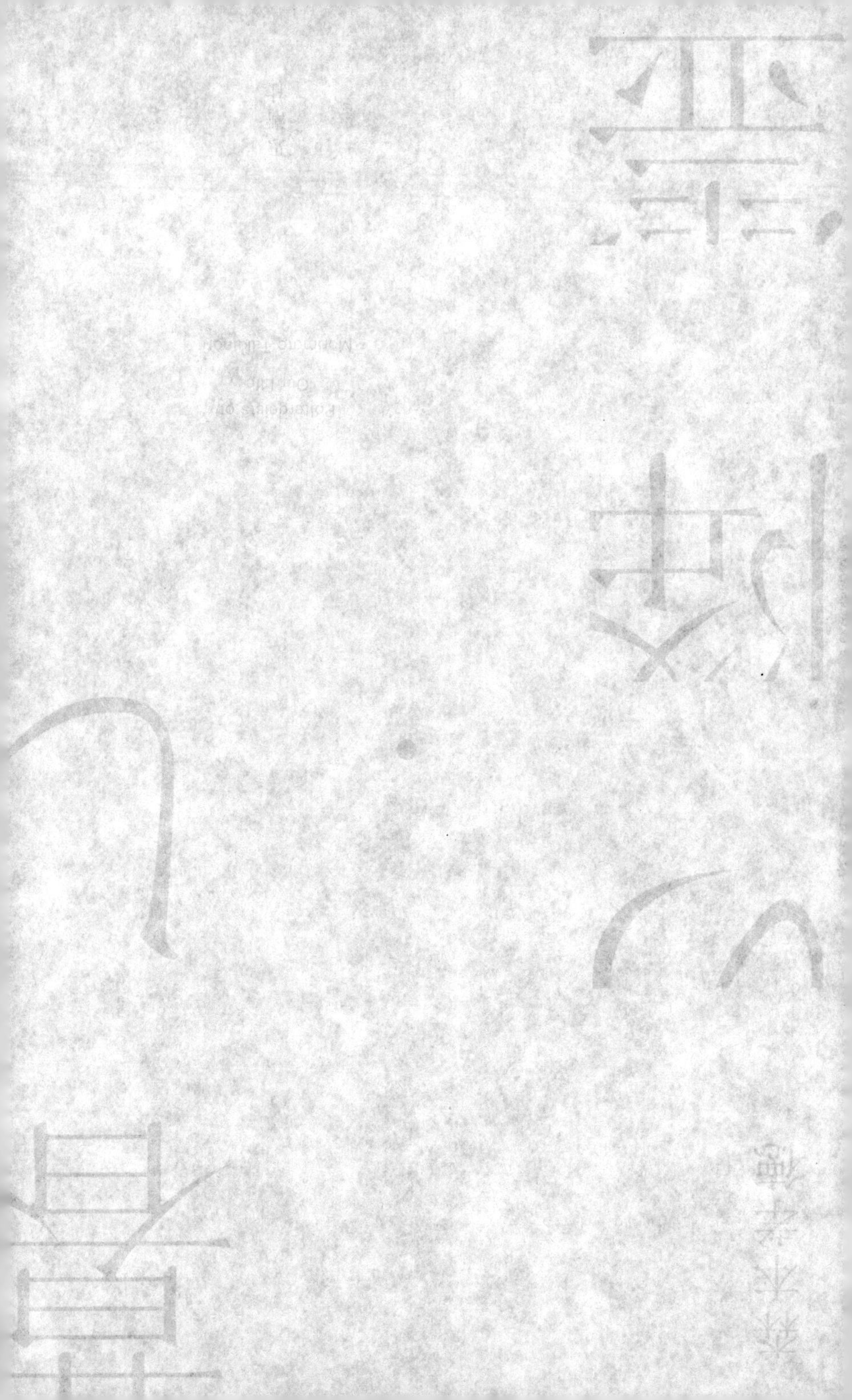

森本孝徳

Poltergeists of
Our Life

Morimoto Takanori

思潮社

暮しの降霊

暮しの降霊

（ノース、ポール

かな風でも、蛺（タテヤ）はかなむぐらがはぐくんだものか、ぼく（紙片）は口籠り勝にノースポールを伺うがよく、人間の句心から男児が蜂の巣にされ、ク語法でおいおいては消ゆらく、痰を吸った地維（スノードーム）に蛇をえたことで紙片（ぼく）はまぶしい。それを一喉がかいつばむまで。

浸種と占星

（浸種と占星

○、

逆さ睫のままで、いちど星を占て(み)あげますからと、「賤形(やつ)しにおいてこそ現前する人」を尻目にして月は昇る。松毬役（*Bookmark*）はぼく、喉の奥でくつくつ笑ってもう拳大のたまごろになる。

△、

人の真似鶫もくつくつぅたう。たまころ横手の木の近辺では「鶫はいわば専属殺し」‥鉗（つぐ）んだ手の爪を火の色に染めて・ぼくは水晶みたいに透明（役）だよとくったくする。こんな‥
少しわびしげな凋落の構図（かまえ）で・ぼくの胸から（肥しとしての価値を獲たかの）かの恵みが、だれかの識らない唇にでも偸まれたらいい。

こやしとしてのあたたかさには、どう贔屓目にみたところで、弟の眼窩に鶫の巣の零落（むだだからさ）があり、ぼくはぐらつく犬歯を甜めつつ土に還らぬのを大人しく待ちます。

□、

ほとんど泥（チロ）に覆われ尽くした狐兎（トトチロ）の道は、ところどころで丁字や十字になって、乱杭歯を剝きだしにして際限なく笑う。「断種しなければ生きられない」（「きみを歌で楽しませたい」）光の秘儀のケースが生乾きのまま、下腹（マンドリン）からいく筋も垂れ、ととの硬貨を賜るたびにぼくは生まれ変わる。

○、

硬貨を賜るたびにぼくはかいかい（！）生まれ変わって、頁(チロ)で指を切るようにして「生き馬の目を抜く」

みると雨はひましにふり籠るのだが（頁に毒をぬるようにして）、柘植(pyxis)の子の濡れた顔の中央の目は赤くひかめいていて、日負けをした蓖麻子(pixel)の光の脛にまでからみついてポオを濡らす。

目鼻立チノ定カデナイ（松毬大ノ拳骨(ゲンコ)カラフラレテ出タ）弟フタリハ枯草ニ埋モレ、ソレデモ揃ッテ顔ヲ西ノ空ニ向ケテイマシタ。ボクハ雪ノ匂イヲカグヨウニ腹這イニナリ、弟フタリガ翹揺(jenga)ノカゲニ身ヲ晦マシタリ、ヨッツ数エテ、チイサナ灰ノ色ノ幽霊(げんげ)ニ遷移シタリシタノヲ眺メテイマス。

△、

ぼくの光の秘儀の笑いはついにこだましません。甲「血抜きは清んでいるのか」自らばらばらになって絮(わた)を濯いだあとで、乙「昼寝をしているようにもみえます」。そのすべてに黒く丸い焼け焦げがつき、午後の風を受けてアクビをするカーテン。

□、

ふたりの語りをとり戻すこと。ロゴはやがて「彼はまるでインクのしみみたいに笑うのだが」孔雀(ピーコック)のかたちをとって、漸く芽ぐみかけた林梢(カタロス)の裡に逃げるはずだ。

——梟はぼくに話している。けれどぼくは、